ENGENHEIRO FANTASMA

FABRÍCIO CORSALETTI

Engenheiro fantasma

1ª reimpressão

COMPANHIA DAS LETRAS

Copyright © 2022 by Fabrício Corsaletti

Grafia atualizada segundo o Acordo Ortográfico da Língua Portuguesa de 1990, que entrou em vigor no Brasil em 2009.

Capa
Mateus Valadares

Preparação
Heloisa Jahn

Revisão
Marina Nogueira
Carmen T. S. Costa

Dados Internacionais de Catalogação na Publicação (CIP)
(Câmara Brasileira do Livro, SP, Brasil)

Corsaletti, Fabrício
    Engenheiro fantasma / Fabrício Corsaletti. — 1ª ed. — São Paulo : Companhia das Letras, 2022.

    ISBN 978-65-5921-267-5

    1. Poesia brasileira I. Título.

21-86644   CDD-B869.1

Índice para catálogo sistemático:
1. Poesia : Literatura brasileira   B869.1

Eliete Marques da Silva – Bibliotecária – CRB-8/9380

Todos os direitos desta edição reservados à
EDITORA SCHWARCZ S.A.
Rua Bandeira Paulista, 702, cj. 32
04532-002 — São Paulo — SP
Telefone: (11) 3707-3500
www.companhiadasletras.com.br
www.blogdacompanhia.com.br
facebook.com/companhiadasletras
instagram.com/companhiadasletras
twitter.com/cialetras

Prólogo

Na noite de 7 para 8 de setembro de 2020, sonhei que estava em Buenos Aires com minha namorada, meus pais, minha irmã, meu cunhado, minha sobrinha e um bebê de três olhos. De repente, pela porta do hotel em que estávamos hospedados entrou uma família comum de classe média alta: um pai de quase sessenta anos, uma mãe de menos de cinquenta e seus dois filhos, um de dez e um de oito anos. Desconfiei que conhecia o homem de algum lugar. Olhei novamente para o seu rosto e vi que era o Bob Dylan.

As cenas se multiplicaram; nos encontramos em Palermo, em San Telmo, em Almagro; meu pai conversou com ele num puteiro transformado em casa de shows. Logo entendi que aquele era o verdadeiro Dylan; o outro, que ganhou o Nobel, era seu duplo. Trinta anos antes, Dylan teria fugido dos Estados Unidos para a Argentina, onde levava uma vida pacata, ao mesmo tempo que não deixava de ser o autor de todas as canções que lhe renderam a glória.

Os portenhos esnobavam seu legado musical, mas adoravam um volume de sonetos ambientados em Buenos Aires que ele tinha publicado durante os primeiros anos na cidade. Andando por uma calçada da Avenida de Mayo, cheguei a ver um exemplar dos 200 Sonnets numa banca de jornal, mas, ao estender a mão para alcançá-lo, acordei.

Tomei o café da manhã angustiado, sem saber o que fazer — eu sabia que devia fazer alguma coisa. Fui para o computador e arrisquei um soneto. No fim do dia eu tinha escrito sete, ao todo. No dia seguinte, mais nove. Entre 8 e 17 de setembro, escrevi cinquenta e seis sonetos. Significa que outros cento e quarenta e quatro ainda estão perdidos por aí.

F. C.

1

o céu azul e as avenidas planas
ladeadas de prédios com balcones
a música de los acordeones
e a confusão latino-americana

tive problemas logo na aduana
eu levo a vida dentro de um ciclone
um tira confiscou meu telefone
e a garrafa de grappa italiana

em Buenos Aires nada decepciona
velhos cafés onde cantou Gardel
e vinho feito da água das geleiras

acho que te esqueci em Barcelona
junto com minhas tintas e um pincel
eu vou cruzar a última fronteira

2

garrafas transparentes na janela
eu busquei na cerveja a plenitude
já provei do elixir da juventude
conversei com o diabo da tramela

no andar de cima o som de uma panela
eu já fiz o que pude e o que não pude
para viver não basta ter saúde
nem rezar nem comprar um barco a vela

na Recoleta a morte é pedra e gesso
enterrei meus avós numa campina
ao lado de uma casa sem telhado

cada passo que dou cobra seu preço
não sei onde enfiei minhas botinas
o futuro é uma espécie de passado

3

pombas ciscando as sobras sob a mesa
skatistas na praça San Martín
fantasmas entre os ramos de jasmim
e nuvens pelo céu azul-turquesa

eu vivo sempre em busca da leveza
eu sigo cada solo de clarim
não sei o que é ser bom ou ser ruim
em cada esquina espreita uma surpresa

vou entrar nessa loja de ferragens
e falar sobre a China com Fernando
um velho comunista deprimido

eu só viajo com pouca bagagem
os deuses sabem quando estou amando
vou almoçar um bife de chorizo

4

galerias perdidas como joias
em ruas cheias de sujeira e pó
aposentados jogam dominó
à sombra colossal de uma sequoia

passei a tarde em cima de uma boia
lendo passagens do livro de Jó
numa piscina quem se sente só?
o braço esquerdo dentro da tipoia

pensei em New Orleans, em Mary Lou
em casas com sacadas rendilhadas
e bares com varandas de madeira

gosto de trens que correm para o sul
pessoas tristes que contam piadas
mar com marola, rio com cachoeira

5

a liberdade mora ali na esquina
o guarda apita e os carros vão em frente
estou com dor na batata do dente
a brisa traz o cheiro das meninas

musa, me deixe ver a minha sina
sob uma pedra em forma de serpente
eu me afastei demais dos meus parentes
odeio e amo o fio de cocaína

Freud mostrou que ninguém tem sossego
Einstein provou que o tempo é sempre espaço
meu desejo é mais claro no verão

selei meu burro, soltei o morcego
pus meu relógio, cuspi o embaraço
e então atravessei o Rubicão

6

no Bar del Gordo nunca falta nada
cerveja escura, canapés de porco
a gente bebe até cair de borco
depois vira motivo de piada

hoje eu tenho um encontro com uma fada
seus braços são a corda em que me enforco
todo suco de uva dela emborco
acho melhor quando ela está suada

de salto, chega a dois metros de altura
seu nome é Guadalupe, como a santa
de santa não tem nada, eu também não

"Bob, cê sabe que o amor não tem cura"
ela me diz, e eu respondo "Giganta
não se preocupe com meu coração"

7

Buenos Aires é o antilabirinto
ruas traçadas por olho afiado
calçadas bem cuidadas dos dois lados
folhas de plátano de um verde-absinto

nem que eu tomasse todo o vinho tinto
de um bodegón, comendo un buen asado
eu perderia o rumo do Mercado
ou de Palermo, andar é puro instinto

Buenos Aires, cidade em linha reta
com sombras ancestrais por toda parte
e aldravas pelas portas como cachos

jamais me arrependi de ser poeta
vou transformar aqui a minha arte
como Picasso eu não procuro, eu acho

8

você pode fazer o que quiser
mas não espere ser compreendido
liberdade é um slogan sem partido
eu quero enlouquecer essa mulher

fui a Mendoza, fui a Santa Fe
fui a Jujuy, o estado colorido
em La Rioja fui reconhecido
baixei depressa a aba do boné

deve dormir numa cama de cobre
Florencia, a bela dama de Ushuaia
que me beijou ao pé de uma fogueira

eu canto para os mortos, para os pobres
no meu jardim só crescem samambaias
minha única amiga é uma coveira

9

o cavalo de Borges reencarnado
sobe as escadas da biblioteca
um mendigo agarrado a uma boneca
letreiros ricamente decorados

Palermo fica para o outro lado
eles querem que um dia eu use beca
na grade da sacada a capa seca
o tempo sonha quando está parado

em San Telmo conheço um traficante
que almoça camarões quase de graça
no porão de uma casa de massagens

na Recoleta rodas elegantes
em torno de algum busto numa praça
esperam por antigas carruagens

10

cheguei à Villa Ocampo de manhã
passei um tempo à toa no jardim
Gabriela Mistral, Camus, Graham Greene
Malraux, Exupéry e outros titãs

caminharam também sob as romãs
que circundam a fonte que diz sim
e nunca não, a fonte de onde vim
de onde vieram todos os xamãs

depois entrei no belo palacete
e dedilhei de leve no piano
um blues mais velho que qualquer fantasma

na plateia meu guia, dois valetes
García Lorca de olhos soberanos
e uma gata angorá chamada Asma

11

olho as estrelas, olho as silhuetas
de amantes de mãos dadas pela rua
meus olhos, Silvia, adoram coisas nuas
meus ouvidos, as canções obsoletas

gostei da sua nova camiseta
seu cabelo é mais alto que uma grua
depois dele o que há? o sol e a lua
hoje vou jogar tudo na roleta

Buenos Aires à noite é uma delícia
bares escuros com balcões de prata
e drinques de fernet com Coca-Cola

eu tenho paranoia com polícia
jamais tive um amigo diplomata
amanhã vou comprar uma cartola

12

ontem eu vi o show de umas garotas
os clássicos do tango com guitarras
panteras metafísicas com garras
forçando o leme e alterando a rota

das melodias, bebi gota a gota
do melaço vocal livre de amarras
tomei um porre de cerveja em jarra
notei que a baterista era canhota

saí pensando em formar uma banda
com essas anarquistas ou com outras
contanto que meu som soasse estranho

fumei vários cigarros na varanda
pedi na recepção algumas ostras
quando não perco quase sempre ganho

13

plátanos nas calçadas da Callao
rodas de amigos partilhando o mate
visitei o Museu de Belas Artes
Goya e seu *Incendio de un hospital*

há mais de cinco noites durmo mal
conselhos, ouço do meu engraxate
ele me disse "che, compra um iate
e faz com essa mulher um Carnaval"

querida, eu sei que descumpri o contrato
foi loucura assinar sem ler primeiro
você e eu temos o sangue quente

se achar legal pode ficar com o gato
me deixe o papagaio brasileiro
que não diz a verdade mas não mente

14

fui com Pepe el Camello ao Bar Británico
clássica esquina do Parque Lezama
era preta a cerveja, verde a grama
meus olhos de pintor são sempre orgânicos

se o bar é bom tem algo de oceânico
madeiras escuras e abstrata lama
restos de antes ou depois do drama
um ar mais relaxado e panorâmico

Pepe me revelou que vai ser pai
de uma menina, Sofía ou Inés
então pedimos mais uma rodada

não gosto muito quando a noite cai
sinto vontade de morrer, talvez
ou de pegar mais uma vez a estrada

15

Tom Petty me ligou desesperado
quer saber o que houve, por que vim
parar em Buenos Aires, esse fim
de mundo, se já estava combinado

de percorrermos todos os estados
mais uma vez, nova turnê, enfim
eu disse "estou numa fase ruim
Tom, não me deixe mais angustiado"

desliguei e corri para um café
Los Angelitos, perto do Congresso
onde às vezes vou ler Ernesto Sabato

pedi cerveja feita em Santa Fe
e sanduíche de jamón y queso
no sol da rua vi passar um rato

16

N é filha de um líder tupamaro
seu pai morreu quando ela era criança
"lutar pela verdade jamais cansa"
ela me diz, mão no cabelo claro

estamos dentro de um instante raro
num café que é agora e é já lembrança
que me enche de medo e de esperança
diante dela eu nunca me mascaro

ela quebra nos dedos um torrão
de açúcar e propõe "que que cê acha
de irmos de moto até Montevidéu?"

"ainda não comprei o meu caixão"
respondo, e ela sorri "cheiro de graxa
me excita mais do que flores e anel"

17

às vezes vou andando até Almagro
entro nas lojas e no Bar del Loco
"do you speak Spanish?", me perguntam, "poco"
o meu vocabulário é muito magro

já devorei minha pele de onagro
agora vivo no maior sufoco
preciso ir, pode ficar com o troco
a quem, senão a ela, me consagro?

subo num ônibus sentido cais
vejo as luzes da noite na janela
ao meu lado uma índia dorme e fala

saudade dos meus filhos, dos meus pais
eu deveria acender uma vela
queimar meu passaporte e minha mala

18

estou sempre diante do mistério
quando te encontro, Senhorita M
seus olhos rimam, sua boca treme
o nariz aldeia, o cabelo império

você sabe que estou falando sério
que abandonei completamente o leme
que meu bandoneón te adora e geme
que mudei de cidade e de hemisfério

quero encarar de vez o seu enigma
não me interessa fama nem dinheiro
alguns amigos dizem que eu já era

vamos quebrar todos os paradigmas
vamos botar açúcar no saleiro
flor no inverno, neve na primavera

19

vamos ser dois, Marie, vamos ser três
vamos ser um, vamos beijar gestantes
acampar nas pegadas dos gigantes
fazer fogueiras, requentar clichês

vamos ver o menino polonês
que entorta garfos e recita Dante
ele é garçom naquele restaurante
brasileiro, talvez, ou português

tenho seis passaportes diferentes
você pode escolher a data e a hora
los chicos vão curtir dormir na avó

o cachorro só late porque sente
vou assoprar o meu trombone agora
eu vou te dar o amor de um esquimó

20

o meu camelo vai beber cerveja
armazenar mil litros de amargura
nas tavernas da lepra e da loucura
ouvem-se os sinos de uma nova igreja

o meu galo gaulês já cacareja
o meu camelo ama fechaduras
as travestis me olham com doçura
eu sirvo daiquiris numa bandeja

vou me perder no bairro dos espelhos
o meu camelo é o príncipe da chuva
há churrasqueiras por toda a cidade

o taxista me enche de conselhos
penso nas lágrimas de uma viúva
o meu camelo vai deixar saudade

21

problemas fáceis, problemas difíceis
problemas rápidos, problemas lentos
problemas envolvendo juramentos
ou questões sociais, Crise dos Mísseis

problemas que eu entendo e os que não sei
do que se trata, mesmo estando atento
problemas limpos, problemas sangrentos
alguns comigo e outros com vocês

você pode inventar um teorema
ganhar o Nobel, estocar fortunas
num cofre atrás de um leque de medalhas

mas eles vão te achar, os seus problemas
e não há prece, remédio ou escuna
que te salve do fogo da batalha

22

eu me pergunto se fiz o que pude
e em seguida me sinto repulsivo
você pensou que eu fosse um fugitivo
de algum asilo da decrepitude?

"eu sou a encarnação da juventude"
você me disse, "o resto é relativo"
malandra, eu já arranquei o curativo
me esqueça, eu te esqueci, você é rude

vi os esqueletos nas salas dos nobres
os índios batalhando na planície
um operário preso numa corda

os sinos dobram com seu som de cobre
a bondade é o tesouro da burrice
e a vingança, o destino da discórdia

23

domingo andei de barco pelo Tigre
casarões com varanda à beira d'água
dos tempos das cartolas, das anáguas
ia bem devagar o nosso brigue

num rio de sombras que ninguém se obrigue
a retirar do lodo antigas mágoas
o musgo acaricia as velhas tábuas
alguém falou em almas que transmigram

então lembrei da Garota Leopardo
olhos sujos de lágrimas e rímel
num corredor de hotel em San Diego

pobre gata, penando sob um fardo
grande demais, parece inverossímil
que não fosse você meu alter ego

24

nada estava visível no momento
nada além da minha própria cozinha
cheguei a imaginar minha vizinha
fazendo bolo sem usar fermento

há anos minha vida era um tormento
colecionava latas de sardinha
minha mulher, nobreza de rainha
me suportava com ressentimento

eu não gostava mais de ser artista
de olhar enquanto o fósforo é queimado
havia em mim uma pessoa morta

sonhava ser um outro, um cientista
de algum país do sul, viver focado
foi quando levantei e abri a porta

25

em Buenos Aires só existe um dia
a cada vez, depois será de novo
hoje, com sua perfeição de ovo
um ovo nu, sem dor nem alegria

deve ser parecido na Bahia
Pablo el Boludo disse "me renovo
ao ver à minha frente o que eu aprovo"
só reconheço o que não conhecia

faz meses que não toco essa guitarra
teias de aranha sobem pelas cordas
um gato deu sumiço na palheta

eu tenho ouvido Violeta Parra
a casa inteira meio que transborda
lá embaixo a água escorre na sarjeta

26

Mariano D'Ambrosio el Campeón
o maioral de todas as parrillas
ojo de bife, chorizo, morcilla
provoleta, legumes, tem o dom

como Gardel ele não sai do tom
quem estiver com fome não se aflija
beba cerveja, guarde bem a ficha
rodei o mundo e sei que o cara é bom

o sol se põe e a noite se esparrama
estrelas, como brasas, são vermelhas
a brisa, sem falar, conta uma história

vou deitar de comprido nesta grama
tem um grilo na minha sobrancelha
se ele quiser que leve a minha glória

27

"os mercadores bebem do meu vinho
e falam alto, dando gargalhadas
eles pensam que a vida é uma piada
quero sair desse redemoinho"

disse o coringa, "procuro um caminho"
o ladrão respondeu "não faça nada
nem diga falsidades, camarada
a hora está chegando, eu adivinho"

os príncipes na torre sentinela
vigiavam o panorama inteiro
entre mulheres e servos descalços

ouviu-se um gato na noite amarela
logo avistaram-se dois cavaleiros
o vento assobiou no cadafalso

28

caubói no Beco da Mula Fantasma
agitador das massas nas montanhas
viking envaidecido por façanhas
açougueiro tarado por miasmas

igreja aposta em cura pela asma
museus exibem todas as lasanhas
tarântulas invadem a Alemanha
manteigas sobem na tevê de plasma

eu finalmente li *O glande Gatsby*
vocês tinham razão, Pombas Vencidas
Cristo Bombeiro só andava em bando

alguém dê uma surra em Píramo e Tisbe
pois só três coisas continuam: Vida
Morte e os alquimistas estão chegando

29

deve ser influência do ciclone
que passou por aqui no mês de março
mas hoje cedo, amarrando o cadarço
me surpreendi pensando em Sharon Stone

ela nunca me deu seu telefone
e eu sei que meu destino é ficar só
meu amor é real, mas muito esparso
Sharon me faz querer tocar trombone

ela coroa as almas com sua graça
e, como eu, gosta do mar de Cuba
seus olhos são, talvez, verde-turquesa

vou comer toda a grama desta praça
se precisar de montaria suba
e bata sem qualquer delicadeza

30

domingo fui à feira em Mataderos
um dos últimos bairros da cidade
folclore é uma armadilha sem maldade
a receita do asado vem de Homero

um bigodudo cantava um bolero
me apresentaram Dona Soledade
que tinha cinco filhos de verdade
um de mentira e um cão chamado Nero

Mataderos das facas dos gaúchos
Mataderos das doces empanadas
Mataderos dos róseos matadouros

no fim do dia conversei com um bruxo
que disse "cara, a vida é uma piada
não perca tempo caçando tesouros"

31

"o coração do povo ficou gordo"
disse Isaías, um eletricista
no momento em que um bando de turistas
entrou no bar, "eu juro que não mordo"

a ira é meu pecado, estou de acordo
ando nas ruas recolhendo pistas
a natureza é louca por artistas
um tordo canta bem quando eu acordo

trabalhei para Hernández, o padeiro
soquei massa, botei carvão no forno
certa noite fugi de bicicleta

ele queria que eu fosse o primeiro
a suportar seu moralismo morno
e, o pior, confessou que era poeta

32

um chuvisqueiro fino cai lá fora
bate de leve no teto de zinco
na pia do banheiro um par de brincos
traz o passado para o pleno agora

não faço ideia de onde você mora
a camareira, com sádico afinco
apagou do lençol todos os vincos
"você precisa ouvir Cesária Évora"

ela me diz, vendo que estou nervoso
onde enfiei minha capa de chuva?
quero voltar ao bar Los Desvalidos

beber algum licor ferruginoso
que caia em minha voz como uma luva
de veludo e crispada de ruídos

33

sonhei com aquela atriz do Mississippi
eu era um homem-lava de Pompeia
nos seus olhos brilhava alguma ideia
seu cabelo escorria à moda hippie

"vou te tirar daqui naquele jipe"
"garota, isso vai ser uma epopeia"
"vamos, depressa, à noite eu tenho estreia"
"odeio segurança de área vip"

depois o sonho dava uma guinada
eu era o dono de um hotel em Vegas
e ela quebrava a banca na roleta

mais uma volta e estamos em Granada
ela me diz "o amor nunca me cega"
eu rio, estou feliz, "você é treta"

34

li Naum, Isaías, Amós, Jonas
de Nova York até Jerusalém
o mundo é um deplorável armazém
que em pouco tempo vai estar na lona

gosto de terno, gosto de japona
de Madalena, de Matusalém
de bloody mary, kir royal também
gosto da Califórnia e do Arizona

meus bolsos estão cheios de dinheiro
meu empresário só levou metade
você pensa que já cheguei no topo

quando estou perto de um desfiladeiro
eu sinto que estou longe da verdade
não sou nem nunca fui um misantropo

35

Samantha Brown morou na minha casa
não lembro se por quatro ou cinco meses
botava uma colher de maionese
em cada hambúrguer assado na brasa

um passarinho canta é com a asa
um dia vou provar a minha tese
nem toda ideia passa pela ascese
às vezes ela sai como quem vaza

liguei o rádio e mudei de estação
queria ouvir a voz da minha mãe
mandei cobrir seu túmulo de flores

desci a rua em cava depressão
a polícia em cavalos alazães
vigiava uma casa de penhores

36

o futuro chegou, veio quebrado
o carteiro parece deprimido
meu café da manhã é um comprimido
e o jornal atual do mês passado

você escolheu o marinheiro errado
estou cheio de cera nos ouvidos
toda canção é feita de ruídos
em breve atracaremos do outro lado

o vento é doce, os animais, divinos
você lamenta, eu lamento também
sua analista acha que eu não presto

amanhã vou comprar um violino
libertar o penúltimo refém
rasgar as cartas e queimar o resto

37

neste Museu de Artes Decorativas
há todo um luxo antigo, aristocrata
meu sonho sempre foi ser um pirata
com mão certeira ainda que furtiva

dei um trago de Cannabis sativa
antes de entrar, o beque é uma fragata
que transforma os ruídos em sonata
e deixa a minha mente mais altiva

deuses, diabos, anjos, orixás
me deem de presente esse piano
decorado com temas pastoris

prometo fazer samba, fazer jazz
tocar melhor que um músico cubano
sem raiva, sem angústia, ser feliz

38

a camareira trouxe tangerinas
há dois ou três saxofones de prata
dizem que quem não quer morrer se adapta
eu respondo tocando uma buzina

meu cavalo nunca penteia a crina
minha trilha não precisa de errata
errei o quanto pude, agora basta
quero acabar com a paz dessa cortina

minha avó tinha olhos bucaneiros
meu contador, seus óculos são máscaras
é River mas às vezes cai de Boca

meu coração tem forma de cinzeiro
eu como amendoim e jogo as cascas
quem foi que declarou que a vida é oca?

39

as folhas caem quando fecho os olhos
o instante tem a forma de uma teia
aquela moça tecelã de meias
Atena a condenou a fazer molhos

vou crivar as janelas de ferrolhos
há música também dentro das veias
eu já queimei, sei o que me incendeia
à noite vinho e sopa de repolho

os cachorros são livres, nós não somos
eu dou um passo e o outro passo rima
estou botando à venda meu cinismo

fui a Florença, chorei sob o Duomo
não vou jamais pintar uma obra-prima
a viagem morreu, viva o turismo

40

você é um publicitário de bandido
hiena de animal de estimação
irmão que rouba a herança de outro irmão
sua mãe deve ter se arrependido

um dia vai chegar aos meus ouvidos
"decorando canetas na prisão"
vou abrir as janelas e o portão
e soltar meu cachorro envelhecido

Jorge e Denise, químicos ilustres
saltaram no Estuário das Piranhas
com planilhas e fórmulas secretas

os sócios da Companhia Lacustre
puseram uma faixa na montanha
NÓS ODIAMOS TODOS OS POETAS

41

o ascensorista do hotel é peruano
os dois recepcionistas são chilenos
meu engraxate é um moço sarraceno
o mundo inteiro é feito de ciganos

para essa quarta-feira nenhum plano
talvez amarrar meu monte de feno
quando me acenam quase sempre aceno
mezcal é o grande sonho do gusano

abro a janela e deixo a brisa entrar
ligo a tevê e vejo *Game of Thrones*
esse anão leva jeito para Hamlet

eu penso e logo esqueço de pensar
o cinema mudou depois dos drones
os furos da cabeça somam sete

42

eu passo as tardes no Café Tal Vez
numa esquina do centro da cidade
medialunas, jornais e essa vontade
de desfazer o que o destino fez

existir dia a dia, mês a mês
não ser um corte na realidade
Roberto e eu temos a mesma idade
ele argentino e eu dinamarquês

seu avô era amigo dos gigantes
um carrasco da indústria nacional
que diziam ter sangue de homicida

filhos e netos o achavam pedante
nas férias ia para Blumenau
morreu num táxi de bala perdida

43

amo os pardais e adoro os urubus
não sei mais do que isso sobre aves
minha voz era aguda, ficou grave
o rei está, estamos todos nus

conheço a noite, agora estudo a luz
se penso em portas também penso em chaves
ando ligado em pessoas suaves
de forte basta a morte e a minha cruz

a cada vinte anos muda tudo
mas sempre vai haver loucos e albergues
gente drogada em volta do atabaque

o sábio é o imbecil que ficou mudo
ouço os uivos da prosa de Ginsberg
e os berros da poesia de Kerouac

44

numa esquina de Córdoba e Callao
Pepe el Camello foi assassinado
sobre o seu rosto oval desfigurado
as luzes coloridas do sinal

sobrinho adotivo de um general
batalhava nas ruas por trocados
tinha três filhos e dois enteados
nunca quis escalar nenhum degrau

curtia jogar pôquer com a mulher
com seus amigos, o truco argentino
fumando algum charuto paraguaio

Pepe também gostava de dizer
que ainda ia acabar compondo um hino
para as abuelas da Plaza de Mayo

45

a decadência nunca nos engana
ruínas valem pelo que não têm
ouvi Chavela Vargas, Leonard Cohen
gosto das coisas puras e sacanas

Pablo Costa el Payaso puxou cana
agora, numa cela, ele entretém
os outros presos, os tiras também
em troca ele recebe umas bananas

a mais bela alameda, Calle Arroyo
me saúda com flores de helianto
enquanto passo sem explicação

primaveras, hibiscos, ipês-roxos
me tratam como amigo, quando canto
que se cuide quem não for meu irmão

46

o sol não sabe que acabou o dia
e, como ele, eu continuo aceso
com esse amor em mim, que não tem peso
ou tem, talvez, o peso da alegria

não preciso de mapa nem de guia
não me sinto perdido ou indefeso
eu já sofri, também já estive preso
pago o preço de cada fantasia

meus inimigos pensam que eu morri
é verdade, mas renasci depois
agora espero o trem que vem do norte

meu sapato me diz "não sai daqui"
meu guarda-chuva "você vai ser dois"
e meu charuto "te desejo sorte"

47

somos dois, somos um, somos ninguém
dormimos como sacos de batatas
eu pego o violão, depois a gaita
então leio Villon, que me faz bem

saio ao terraço, o que é que nos detém?
estrelas não são loucas nem sensatas
brilham seguindo alguma força inata
por que faço de mim o meu refém?

M levanta e me abraça por trás
seu cabelo tem cheiro de laranja
ela diz frases sujas e macias

já vi o inferno, ainda não vi a paz
eu me viro, e ela põe de lado a franja
não sei mais o que é prosa, o que é poesia

48

livrarias e sebos da Corrientes
teatros com letreiros de neon
eu uso anéis, ela passou batom
as ruas estão sempre no presente

você pensou que eu fosse mais doente
mas não deu nada no meu ultrassom
"ainda não fui ao Teatro Colón"
"o cara que encontrou um continente"

na praça em frente vimos dois meninos
levando um puta couro da polícia
porque roubaram, acho, uma carteira

eu quase vomitei, um violino
rasgou o fim de tarde com malícia
América, você não é brincadeira

49

dizem que o certo nunca está errado
dizem que o rio só corre para a frente
sou poeta, não quero ser vidente
quem é cego não morre atropelado

pode espalhar que fui mal-educado
que na despensa guardo uma serpente
eu vivo inteiramente no presente
e logo vou viver só no passado

mendigos pendurados nas panelas
prostitutas com medo nas esquinas
ônibus que viajam para o sul

vou beber meu uísque na janela
a lua, como as pipas, vem da China
e para em cima do meu olho azul

50

tenho lido Alejandra Pizarnik
tenho ouvido Roberto Goyeneche
tenho andado no fio do canivete
o tempo para, o relógio faz tique-

taque no coração da minha psique
e eu só penso em comprar um molinete
matar mosquito, comer rabanete
trançar as pernas sentado num dique

alguns poemas são feitos de gelo
algumas vozes são feitas de fogo
Tchekhov gostava muito de pescar

vou arrancar a peruca e o cabelo
apostar a família nesse jogo
depois adeus, só quero descansar

51

um menino viaja pela estepe
com seu tio e um vigário, de carroça
o mundo, amigos, é uma grande roça
me arrancaram do útero com um fórceps

minha blusa é vermelha, eu uso quepe
meu pai morreu, mamãe vive na fossa
há caveiras e lebres entre as choças
que um raio caia nele e a mão decepe

a estalagem fedia a bolo azedo
dois irmãos, um submisso, um perdulário
crianças como ratos nos lençóis

essa mulher com seu vestido preto
não lembra aquele choupo solitário
que vimos entre os curvos girassóis?

52

vestido preto e pedras cor de areia
o sol por fora e a alma em pleno breu
o que você temia aconteceu
a tragédia deixou de ser alheia

salvem os botos, salvem as baleias
teias de aranha fiquem nos museus
seu marido, depois um filho seu
e agora o seu caçula na cadeia

eu vim vingar a morte do meu pai
estou aproveitando essa hora extra
a abelha faz o mel, o céu garoa

cicatriz é um negócio que não sai
meu sonho era ser músico de orquestra
ou algum animal, uma leitoa

53

como Adão eu saí do paraíso
depois caiu um temporal de bosta
perdi o meu cavalo numa aposta
em São Paulo deixei o meu juízo

não leio partitura, eu improviso
contra a parede coço as minhas costas
escrevo com camadas superpostas
meu verso é sempre firme e sempre liso

María finalmente conseguiu
montar a sua loja de cristais
num bairro triste da periferia

estou na terra mas olhando o rio
não suporto conversa de imortais
nossa noite começa ao meio-dia

54

lojinhas de chineses e judeus
memórias do atentado, sinagoga
passa um cara pelado, outro de toga
faz sentido ser crente e ser ateu

Semana Trágica, você morreu
eu vou sentir a sua falta, Olga
talvez precise usar alguma droga
achar prazer depois do que doeu

bebi vinho da casa no La Tosca
em silêncio brindei pelo que fomos
e por tudo o que não pudemos ser

a ruína é bonita porque é fosca
tem um defeito no meu cromossomo
vem dele essa vontade de viver

55

nuvens correm por trilhos transparentes
existe um ímã entre mim e elas
sento no parapeito da janela
e deslizamos juntos, sempre em frente

rótulos podem te deixar doente
o silêncio da aranha é parte dela
trabalhei cinco meses numa tela
não falei com amigos nem parentes

minha vizinha conversa com plantas
meu barbeiro só diz o preço e a hora
Hermes levava os mortos para o Hades

eu pego a frigideira e faço a janta
de sobremesa chupo umas amoras
a chuva cai de pé feito uma grade

56

os cavalheiros riem do futuro
na praia a mãe de uma criança chora
um soldado, seu sonho é ir embora
tudo o que vejo são olhos escuros

neste mundo ninguém está seguro
meu destino eu decido de hora em hora
no pôr do sol nunca pensei na aurora
não sei o nome do que mais procuro

a noite engana e a paixão governa
a flecha que atravessa a realidade
seu cabelo no vento é mais bonito

como Rimbaud só ouço as minhas pernas
não posso mais ficar nesta cidade
o passado tem peso de granito

Índice de primeiros versos

a camareira trouxe tangerinas, 83
a decadência nunca nos engana, 97
a liberdade mora ali na esquina, 17
amo os pardais e adoro os urubus, 93
as folhas caem quando fecho os olhos, 85
às vezes vou andando até Almagro, 41
Buenos Aires é o antilabirinto, 21
caubói no Beco da Mula Fantasma, 63
cheguei à Villa Ocampo de manhã, 27
como Adão eu saí do paraíso, 113
deve ser influência do ciclone, 65
dizem que o certo nunca está errado, 105
domingo andei de barco pelo Tigre, 53
domingo fui à feira em Mataderos, 67
em Buenos Aires só existe um dia, 57
estou sempre diante do mistério, 43
eu me pergunto se fiz o que pude, 51
eu passo as tardes no Café Tal Vez, 91
fui com Pepe el Camello ao Bar Británico, 35
galerias perdidas como joias, 15
garrafas transparentes na janela, 11
li Naum, Isaías, Amós, Jonas, 75
livrarias e sebos da Corrientes, 103
lojinhas de chineses e judeus, 115
Mariano D'Ambrosio el Campeón, 59

N é filha de um líder tupamaro, 39
nada estava visível no momento, 55
neste Museu de Artes Decorativas, 81
no Bar del Gordo nunca falta nada, 19
numa esquina de Córdoba e Callao, 95
nuvens correm por trilhos transparentes, 117
o ascensorista do hotel é peruano, 89
o cavalo de Borges reencarnado, 25
o céu azul e as avenidas planas, 9
"o coração do povo ficou gordo", 69
o futuro chegou, veio quebrado, 79
o meu camelo vai beber cerveja, 47
o sol não sabe que acabou o dia, 99
olho as estrelas, olho as silhuetas, 29
ontem eu vi o show de umas garotas, 31
os cavalheiros riem do futuro, 119
"os mercadores bebem do meu vinho", 61
plátanos nas calçadas da Callao, 33
pombas ciscando as sobras sob a mesa, 13
problemas fáceis, problemas difíceis, 49
Samantha Brown morou na minha casa, 77
somos dois, somos um, somos ninguém, 101
sonhei com aquela atriz do Mississippi, 73
tenho lido Alejandra Pizarnik, 107
Tom Petty me ligou desesperado, 37
um chuvisqueiro fino cai lá fora, 71
um menino viaja pela estepe, 109
vamos ser dois, Marie, vamos ser três, 45
vestido preto e pedras cor de areia, 111
você é um publicitário de bandido, 87
você pode fazer o que quiser, 23

Sobre o autor

Fabrício Corsaletti nasceu em Santo Anastácio, no Oeste paulista, em 1978, e desde 1997 vive na cidade de São Paulo. Formou-se em letras pela Universidade de São Paulo (USP) e em 2007 publicou, pela Companhia das Letras, o volume *Estudos para o seu corpo*, que reúne seus quatro primeiros livros de poesia: *Movediço* (Labortexto Editorial, 2001), *O sobrevivente* (Hedra, 2003) e os então inéditos *História das demolições* e *Estudos para o seu corpo*. Também é autor dos contos de *King Kong e cervejas* (Companhia das Letras, 2008), da novela *Golpe de ar* (Editora 34, 2009), dos poemas de *Esquimó* (Companhia das Letras, 2010, que recebeu o prêmio Bravo! de literatura no mesmo ano), *Quadras paulistanas* (Companhia das Letras, 2013), *Baladas* (Companhia das Letras, 2016), *Todo poeta é um bar* (Quelônio, 2018) e *Roendo unha* (Pedra Papel Tesoura, 2019) e das crônicas de *Ela me dá capim e eu zurro* (Editora 34, 2014) e *Perambule* (Editora 34, 2018), além dos livros infantis *Zoo* (Hedra, 2005), *Zoo zureta* (Companhia das Letrinhas, 2010), *Zoo zoado* (Companhia das Letrinhas, 2014) e *Poemas com macarrão* (Companhia das Letrinhas, 2018). Uma antologia bilíngue de seus poemas, com tradução para o espanhol de Mario Cámara e Paloma Vidal, saiu na Argentina sob o título *Feliz con mis orejas* (Lux/Grumo, 2016).

1ª EDIÇÃO [2022] 1 reimpressão

ESTA OBRA FOI COMPOSTA PELO ACQUA ESTÚDIO EM MERIDIEN
E IMPRESSA EM OFSETE PELA GRÁFICA PAYM SOBRE PAPEL PÓLEN BOLD
DA SUZANO S.A. PARA A EDITORA SCHWARCZ EM JANEIRO DE 2024

A marca FSC® é a garantia de que a madeira utilizada na fabricação do papel deste livro provém de florestas que foram gerenciadas de maneira ambientalmente correta, socialmente justa e economicamente viável, além de outras fontes de origem controlada.